小鳄鱼大嘴巴系列

河马先生的帽子

朱惠芳/文　　王祖民/图

上海教育出版社
SHANGHAI EDUCATIONAL
PUBLISHING HOUSE

小鳄鱼发现，河马先生
每天散步，都会念出一首诗。

难道，散步就能散出一首诗来？

小鳄鱼也学着河马先生散步，可是，他一首诗也没想出来，蚱蜢倒捉了一只，圆石子也拣了两颗。

后来，小鳄鱼发现河马先生
总喜欢戴着黑帽子散步。

一天，河马先生到小鳄鱼家作客，临走的时候帽子忘拿了。

这真是一个好机会，小鳄鱼戴着河马先生的帽子走呀走，脚都走酸了，可是黑帽子里一首诗都没有冒出来。

这里又暖和又柔软，可舒服了。

突然，小鳄鱼看见草丛里有一个蛋，于是，他小心地把蛋宝宝放在了黑帽子里。

小鳄鱼刚回到家，正好
河马先生来拿他的黑帽子。
　　这时，黑帽子里传出细
细的声音。

大家凑过去一看，哈哈，
一只小鸟正从蛋壳里钻出来。

小鳄鱼听了，心里可真着急。

　　小鳄鱼白着急了，因为第二天，河马先生的新诗又传遍了整个树叶镇，而且，这首诗写的就是那只刚出壳的小鸟呢！

游戏开心乐

找一找

　　早上，河马先生找不到黑帽子了。小朋友，请你帮忙找一找，并把它圈出来。

去散步

　　小鳄鱼想跟着河马先生去散步，河马先生已经走到池塘边，在欣赏美丽的荷花。请你看看，小鳄鱼应该走哪条路？可别走错路哟！

朱惠芳

幼儿教师，江苏省作家协会会员。工作之余创作童话，在国内幼儿杂志上发表400多篇童话，近年来出版绘本系列《我来保护你》《生命的故事》等。

王祖民

苏州桃花坞人。大学毕业后一直从事童书出版和儿童绘画工作。近几年致力于儿童绘本的创作，喜欢探索各种绘画方式，以期呈现给儿童丰富多彩的画面。"我很庆幸毕生能为天真无邪的孩子们画画，很享受画画的愉悦。"

图书在版编目（CIP）数据

河马先生的帽子 / 朱惠芳文；王祖民图．
—上海：上海教育出版社，2018.4
（看图说话绘本馆．小鳄鱼大嘴巴系列）
ISBN 978-7-5444-8283-7

Ⅰ．①河… Ⅱ．①朱…②王… Ⅲ．①儿童故事－图画故事－中国－当代 Ⅳ．①I287.8

中国版本图书馆 CIP 数据核字 (2018)
第 069344 号

看图说话绘本馆·小鳄鱼大嘴巴系列

河马先生的帽子

作 者	朱惠芳/文　王祖民/图
责任编辑	管 倚
美术编辑	王 慧　林炜杰
封面书法	冯念康

出版发行	上海教育出版社有限公司	开 本	787×1092　1/24　印张 1
官　网	www.seph.com.cn	版 次	2018 年 4 月第 1 版
地　址	上海市永福路 123 号	印 次	2018 年 4 月第 1 次印刷
邮　编	200031	书 号	ISBN 978-7-5444-8283-7/I·0104
印　刷	上海昌鑫龙印务有限公司	定 价	15.00 元

如发现质量问题，请向本社调换　电话 021-64377165